*A nuestra Nona que, de vez
en cuando, también tiene
pesadillas.*

Premio Crítica Serra d'Or, 1986

*Premio del Ministerio de Cultura
al libro infantil mejor editado, 1986*

Lista de honor CCEI, 1986

Mercè Company

Nana Bunilda come pesadillas

Ilustraciones de Agustí Asensio

ediciones **sm** Joaquín Turina 39   28044 Madrid

Es pequeña y rechoncha. Más vieja que Matusalén.
Su especialidad son los pasteles de manzana,
pero por culpa de su trabajo siempre los tiene
que hacer de chocolate.
Y nadie como ella tiene unas trenzas tan hermosas,
tan prácticas y especiales.

Así es Nana Bunilda.

Vive en una mesilla de noche. La mesilla está en el desván
de una casa olvidada,
construida a las afueras de un pequeño pueblo.

El pueblo se levanta en medio de un profundo valle
al que van los turistas en verano y acude la nieve en invierno.

Todos conocen a Nana Bunilda. Bueno, todos no;
sólo los niños que tienen miedo
y las madres de los niños que tienen miedo.
También los mayores que recuerdan su niñez
y todos aquellos que la han visto pasar de un lado a otro
haciendo su trabajo.

Porque el trabajo de Nana Bunilda
es llevarse las pesadillas que a veces, traviesamente,
se cuelan por las rendijas de los bellos sueños.

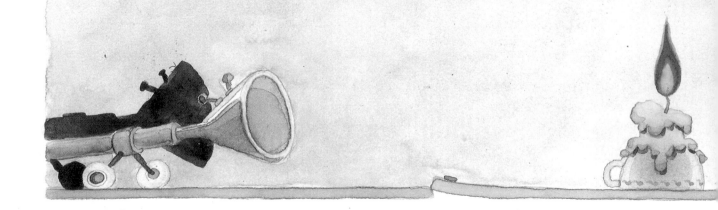

Cuando eso sucede, la llaman
y sus trenzas mágicas reciben el grito de socorro.
Nana Bunilda deja lo que está haciendo,
aunque sea algo tan importante como tender la colada,
limpiar su mesilla o preparar el caldo.
Se encarama a su máquina-especial-aspira-pesadillas
y acude veloz allí donde la reclaman.

El grito puede surgir de la garganta de un niño que se desgañita
de tanto gritar porque, en sueños, ve cómo un dragón
gigantesco e impertinente le estropea los rotuladores
que le acaban de regalar.

Y no se tranquiliza hasta que Nana Bunilda
atrapa el dragón por la cola y lo manda al fondo del saco.

A veces no es un grito, sino un gemido suave y lastimero.
Como el que se le escapó a Papá Noel
la víspera de repartir los juguetes.

Había soñado que se quedaba atascado en una chimenea
y se hacía de día
sin que hubiera podido dejar ni una bolsa de caramelos.

Sin embargo, a Nona la oye perfectamente.
Es tan chillona que Nana Bunilda no necesita levantar las trenzas
para saber que es ella quien la llama
y le pide que la salve de un sueño feísimo.

Pero no siempre son pesadillas lo que altera la paz de los que duermen;
a veces son sueños pesados, agobiantes...
y Nana Bunilda, que es de talante amable y cariñoso,
no tiene reparos en acercarse allí donde se oye un suspiro inquieto.

Como aquella noche en que se llevó
el enmarañado sueño de un chico amante de los gatos.

Así,
cada noche,
una vez aquí,
una vez allí,
Nana Bunilda hace su tarea.
Cuando ya tiene la bolsa de la máquina
bien llena, vuelve a su casa.

Pero si, de regreso,
tropieza con un bello sueño,
no renuncia a pararse unos instantes
y contemplarlo embelesada.

Y si, a punto de trepar por la pared de la casa,
se cruza con un sueño en el que su amigo,
el gato arrabalero,
se hace el valiente con un ejército de ratones,
no duda en hacer un rinconcito en el saco
y ¡ziuu!, le ahuyenta la pesadilla.

Aunque el trabajo más duro le aguarda en casa.

Sin quitarse ni la bufanda, se da prisa en verter
el contenido de la bolsa en un gran embudo que apunta directamente
a una olla ventruda y llena de abolladuras.

Luego enciende el fuego
y, pim-pam, pim-pam, lo aviva sin parar hasta que las llamas,
alegres como unas castañuelas,
entusiasman y hacen bailar a los sueños que ha recogido.

Sólo debe esperar un ratito. Según como sea la luna:
redonda o con cara de raja de melón, blanca o amarilla.
Según llueva o nieve...

Por fin, el baile dentro de la olla mágica
transforma las pesadillas
en un dulce y sabroso chocolate
con el que después hará pasteles.

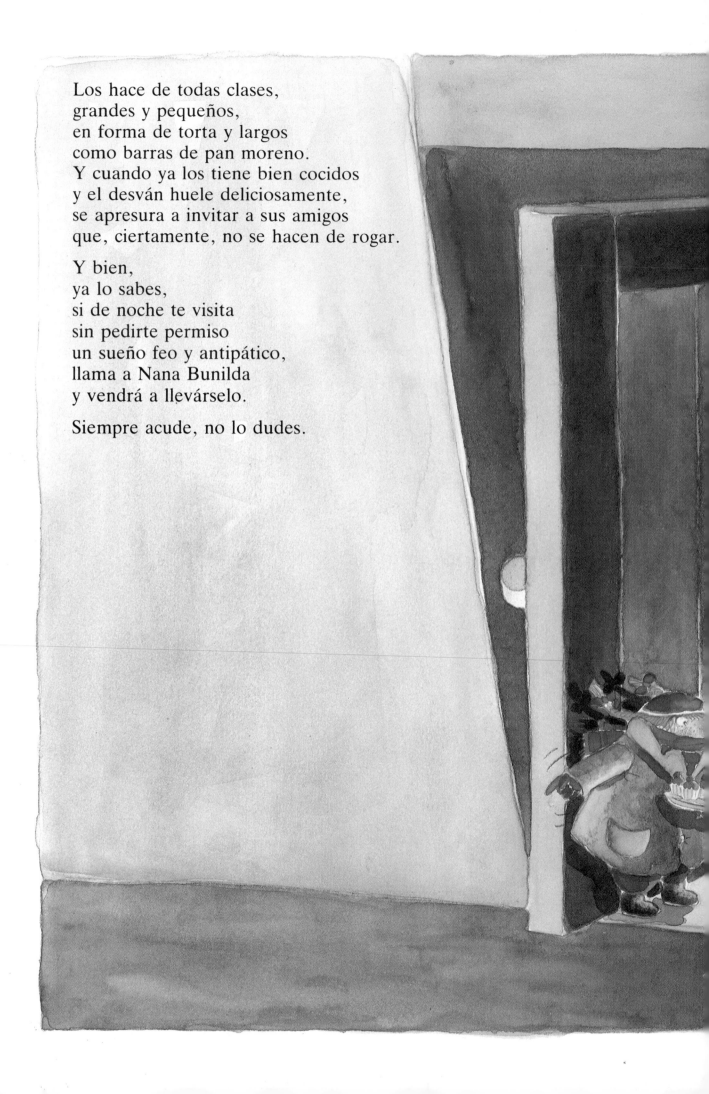

Los hace de todas clases,
grandes y pequeños,
en forma de torta y largos
como barras de pan moreno.
Y cuando ya los tiene bien cocidos
y el desván huele deliciosamente,
se apresura a invitar a sus amigos
que, ciertamente, no se hacen de rogar.

Y bien,
ya lo sabes,
si de noche te visita
sin pedirte permiso
un sueño feo y antipático,
llama a Nana Bunilda
y vendrá a llevárselo.

Siempre acude, no lo dudes.

Colección dirigida por **Isabel Cano**

Primera edición: noviembre 1985
Segunda edición: noviembre 1986
Tercera edición: junio 1988
Cuarta edición: mayo 1994
Quinta edición: noviembre 1996

Traducción del catalán: *Manuel Fernández*

Título original: *Nana Bunilda menja malsons*
© Texto: *Mercè Company*, 1985
© Ilustraciones: *Agustí Asensio*, 1985
© Ediciones SM
   Joaquín Turina, 39 - 28044 Madrid

Comercializa: CESMA, SA - Aguacate, 43 - 28044 Madrid

ISBN: 84-348-1745-4
Depósito legal: M-39146-1996
Fotocomposición: Grafilia, SL
Impreso en España/Printed in Spain
TGA, SL - Mantuano, 27 - 28002 Madrid